ORIGEN DE ESTOS CUENTOS

Hay muchas versiones distintas de los cuentos incluidos en este libro. Los autores que se mencionan aquí son los que escribieron o recopilaron las versiones más conocidas. Las fechas que se dan son las del año en que se publicaron.

Cenicienta - Charles Perrault, 1697
Juan el Vago - Joseph Jacobs, 1890
La Reina de las Abejas - Jacob y Wilhelm Grimm, 1812

Título original: *Cinderella*
© 1985 Walker Books Ltd.
© Ediciones Altea, 1986, de la presente edición
en lengua española
Príncipe de Vergara, 81. 28006 Madrid

PRINTED IN SPAIN
Impreso en España por: Mateu Cromo Artes Gráficas, S. A.
Ctra. Fuenlabrada a Pinto, s/n.
Pinto (Madrid)

I.S.B.N.: 84-372-8055-9
Depósito legal: M. 27.882-1986

CENICIENTA

JUAN EL VAGO

LA REINA DE LAS ABEJAS

Narrados por Sarah Hayes
Traducidos por María Puncel

Ilustrados por Gill Tomblin

Ediciones Altea

CENICIENTA

Hubo una vez un mercader que decidió casarse de nuevo. Su primera mujer había muerto hacía ya tiempo y él pensaba que su única hija necesitaba una madre; pero la segunda mujer resultó ser muy diferente de la primera. Era orgullosa y mandona y sus dos hijas eran exactamente igual que ella. La hija del mercader era dulce y amable, lo que enfurecía a la madrastra porque eso hacía resaltar más los defectos de sus propias hijas.

La madrastra hizo lo que pudo por amargar la vida de su hijastra. La obligó a lavar la ropa, limpiar los suelos, fregar los platos y barrer el patio. La pobre niña tenía que dormir sobre un colchón de paja en el desván, mientras que sus hermanastras tenían hermosas habitaciones, camas adornadas con colgaduras y grandes espejos de marco dorado.

Al terminar sus tareas, la niña se sentaba junto al hogar y se calentaba al amor de la lumbre. Como sus miserables ropas se manchaban de ceniza sus hermanastras empezaron a llamarla Cenicienta.

El mercader estaba atemorizado por su nueva esposa, que tenía un genio terrible y Cenicienta sabía que lamentarse solamente hubiera servido para que su padre se sintiera más desgraciado, así que nunca dijo ni una sola palabra. Con el paso del tiempo sus ropas estaban cada día más destrozadas y las manos se le pusieron ásperas y agrietadas, pero, a pesar de ello, seguía siendo mucho más bella que sus hermanastras.

Una mañana llegó un mensaje que conmocionó a la madrastra y a sus dos hijas. El rey daba una fiesta en honor de su hijo el príncipe y estaban invitadas todas las personas importantes del reino. Las dos hermanas se pusieron a discutir lo que se iban a poner para asistir a la fiesta.

—Me pondré mi traje de brocado rojo con adornos de encaje. ¡Cenicienta, ya te puedes poner a coser los volantes de las mangas! —dijo la hermana mayor.

—Yo me pondré esta saya con lazos y
llevaré por encima la sobrefalda dorada.
¡Cenicienta, ya te puedes poner a plancharla
ahora mismo! —dijo la hermanastra segunda.

—¡Y necesito que me arregles el pelo!
—chilló la hermanastra mayor.

La pobre Cenicienta se pasó la mañana
recogiendo las ropas que las dos dejaban
tiradas por el suelo.

Después empezó a ocuparse del pelo de la mayor.

—Y tú ¿qué te vas a poner para ir al baile? —se burlaban las dos hermanastras.

Y la pobre Cenicienta contestaba:

—No tengo más que harapos y los pies descalzos ¿cómo voy a poder ir al baile?

—¡Poco que se iba a reír la gente si te vieran a ti en el baile del rey con el sucio aspecto que tienes! Vamos, deja de perder el tiempo y rízame el pelo.

—Y luego ponte a coser.

—Y después empieza a planchar.

Durante dos días Cenicienta no paró, haciendo todas las cosas que su madrastra y sus hermanastras le mandaban. Ni protestó ni se quejó, pero cuando vio alejarse el carruaje en que su padre llevaba a las tres mujeres al baile, se sentó junto al hogar y rompió en sollozos:

—Me hubiera... gustado... tanto... —lloraba.

—Te hubiera gustado mucho ir al baile, ¿verdad? —dijo una

amable voz cerca de ella—. Bueno, pues irás.

Cenicienta vio delante de ella a una viejecita
sonriente que llevaba un bastón.

—Soy tu hada madrina y este bastón es mi
varita mágica. Deja de llorar y haz lo que te
digo. Vé al huerto y tráeme una calabaza

Cenicienta estaba tan sorprendida que no replicó, fue al huerto y recogió la mejor calabaza que encontró. La viejecita la tocó con su bastón y en un abrir y cerrar de ojos se convirtió en una magnífica carroza.

—Ahora tráeme la ratonera que está en la bodega —pidió la anciana.

Y Cenicienta volvió enseguida con la ratonera en la que había seis vivarachos ratoncillos grises. A medida que los ratones salían de la jaula el hada madrina los tocaba con su bastón y se iban convirtiendo en caballos. Pronto seis caballos lujosamente enjaezados estaban enganchados a la carroza.

—Ahora hace falta un cochero. Vé a buscar la trampa para ratas —dijo la anciana.

Y tan pronto como la tuvo delante, eligió la rata más bigotuda, la tocó en la nariz y en su lugar apareció un robusto cochero.

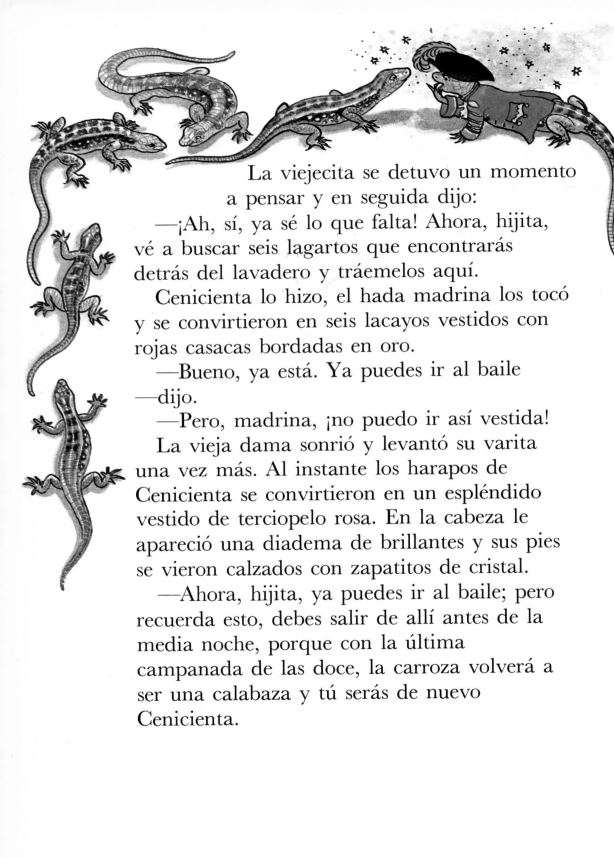

La viejecita se detuvo un momento a pensar y en seguida dijo:

—¡Ah, sí, ya sé lo que falta! Ahora, hijita, vé a buscar seis lagartos que encontrarás detrás del lavadero y tráemelos aquí.

Cenicienta lo hizo, el hada madrina los tocó y se convirtieron en seis lacayos vestidos con rojas casacas bordadas en oro.

—Bueno, ya está. Ya puedes ir al baile —dijo.

—Pero, madrina, ¡no puedo ir así vestida!

La vieja dama sonrió y levantó su varita una vez más. Al instante los harapos de Cenicienta se convirtieron en un espléndido vestido de terciopelo rosa. En la cabeza le apareció una diadema de brillantes y sus pies se vieron calzados con zapatitos de cristal.

—Ahora, hijita, ya puedes ir al baile; pero recuerda esto, debes salir de allí antes de la media noche, porque con la última campanada de las doce, la carroza volverá a ser una calabaza y tú serás de nuevo Cenicienta.

El baile ya había empezado cuando
Cenicienta apareció. Tan pronto como entró
en el salón, todos los ojos se volvieron a
mirarla. La orquesta dejó de tocar y el
príncipe, que nunca había visto a una joven
tan bella, se adelantó para invitarla a bailar.

La sala se llenó de murmullos y comentarios: «¿Quién será? ¿Cómo se llamará? Parece una princesa. ¿Quién le habrá hecho el traje? ¿Cómo se llamará su peluquero?».

El príncipe bailó con ella todo el resto de la noche. Y Cenicienta sólo se separó de su lado un momento para ir a saludar a sus hermanastras, que no la reconocieron y se deshicieron en sonrisas y reverencias. Ni siquiera se les pasó por la cabeza que la hermosa princesa pudiera ser su harapienta hermanastra.

Un cuarto de hora antes de la media noche, Cenicienta escapó del salón de baile. Con la última campanada de las doce, la carroza, el cochero, los caballos y los lacayos se convirtieron en lo que habían sido y el hermoso traje de baile fue otra vez un viejo vestido destrozado. Cuando las hermanastras volvieron del baile Cenicienta estaba sentada en su rincón del hogar.

Las hermanastras no sabían hablar más que de la hermosa princesa, de cómo el príncipe no había bailado más que con ella y de lo amable que ella había sido al saludarlas de un modo tan especial.

—¿Cómo se llama esa princesa? —preguntó Cenicienta.

—Pues eso es lo más extraño, nadie sabía su nombre —le respondieron las hermanastras.

Cenicienta sonrió y subió para acostarse en su cuchitril del desván.

Al día siguiente se anunció otro baile real, el príncipe quería ver de nuevo a la desconocida princesa. Esta vez, el hada madrina regaló a Cenicienta un traje de seda adornado con perlas. También llegó tarde al baile y también el príncipe la prefirió entre todas y no bailó más que con ella. Las horas pasaron tan rápidamente que ya era casi medianoche cuando Cenicienta abandonó el baile. Su traje se convirtió en harapos antes de que tuviera tiempo de llegar a casa.

Y un tercer baile fue anunciado al día siguiente y, esta vez, la buena anciana atavió a Cenicienta con un traje de brocado de oro y

adornos de diamantes. Todo ocurrió como las
veces anteriores, pero Cenicienta olvidó mirar
el reloj y, de repente, oyó la primera
campanada de las doce. Se separó del príncipe
y echó a correr. Al bajar a toda prisa las
escaleras se le cayó un zapato y ella no pudo
pararse a recogerlo. Siguió corriendo hasta
llegar a las puertas del parque y salir al camino.

Cuando el príncipe preguntó a los guardas si habían visto partir la carroza de la princesa, todo lo que pudieron contestarle fue que lo único que habían visto había sido una muchachita pobre que corría con una calabaza y una ratonera en los brazos.

El príncipe recogió el zapatito de cristal y se pasó el resto de la noche contemplándolo. Cuando llegó la mañana convocó en palacio a todas las princesas del país; después a todas las duquesas; luego a todas las marquesas; más tarde a todas las condesas y, por fin, a todas las damas de la corte. Ninguna de ellas pudo calzarse el zapatito de cristal. El príncipe, entonces, ordenó a su chambelán que recorriese todas las casas y rogase a todas las jóvenes que se probasen el zapatito.

Cuando
el chambelán llegó
a casa de Cenicienta, las dos hermanastras se
pelearon por ser la primera en probárselo,
pero por más que empujaron, tiraron y
forcejearon no consiguieron meter sus pies en
él. La mayor encogía los dedos, pero su pie era
demasiado largo. La menor curvaba la planta,
pero su pie era demasiado ancho...

—¿No hay ninguna otra joven en la casa?
—preguntó el chambelán.

—Sólo una sucia criada —contestó la
madrastra.

El chambelán insistió en que se probase
también el zapato de cristal y Cenicienta
entonces dejó su rincón junto al hogar y se
calzó sin dificultad el zapatito; luego, para
asombro de todos sacó del bolsillo de su
delantal el otro zapato. En ese momento

apareció el hada madrina y tocó a Cenicienta
con su vara. Los harapos se convirtieron en
un vestido de seda blanca entretejida con hilos
de plata. Las hermanastras cayeron a sus pies
y le pidieron que las perdonase.

Cenicienta, que era tan buena como bella,
las perdonó inmediatamente y, lo que es más,
las invitó a vivir con ella en la corte. En
cuanto a la propia Cenicienta, se casó aquel
mismo día con el príncipe y vivió feliz durante
muchos, muchos años.

JUAN EL VAGO

Erase una vez un muchacho que nunca trabajaba. Todo el mundo le llamaba Juan el Vago. En verano se tumbaba a la sombra y en invierno se sentaba junto al fuego. Un día, su madre se hartó de él y le amenazó con echarle de casa.

Así que Juan el Vago se fue a trabajar a una granja. Al terminar la semana, el granjero le pagó una moneda de cobre. Como Juan no conocía el valor del dinero, no tuvo ningún cuidado con la moneda y la perdió al cruzar el arroyo.

—¡Muchacho estúpido! —le reprendió su madre—. Deberías habértela guardado en el bolsillo.

—La próxima vez lo haré mejor, madre —dijo Juan el Vago.

El lunes siguiente fue a trabajar en una lechería. Al final de la semana, el lechero le dio una cántara de leche. Juan se vació cuidadosamente la cántara en un bolsillo. Naturalmente la leche empapó la tela, le corrió por la pierna abajo y se perdió por el camino.

—¡Muchacho estúpido! —le increpó su madre—. Deberías habértela puesto en la cabeza.

—La próxima vez lo haré mejor, madre —dijo Juan el Vago.

El lunes siguiente fue a trabajar en una quesería. Al final de la semana, el quesero le dio un queso blanco recién hecho que Juan se colocó sobre la cabeza. Para cuando llegó a su casa el queso estaba medio deshecho y le había chorreado por la cara, el pelo y el traje.

—¡Muchacho estúpido! —le gritó su madre—. Deberías haberlo traído en las manos.

—La próxima vez lo haré mejor, madre —dijo Juan el Vago.

El lunes siguiente fue a trabajar en una panadería. Al final de la semana, el panadero le dio un gato. Juan lo tomó en brazos y emprendió el camino a casa pero antes de haber hecho la mitad del camino, el gato le había arañado de tal forma que Juan tuvo que soltarlo y el animal escapó.

—¡Muchacho estúpido! —le regañó su madre—. Deberías haberlo atado con una cuerda y haberlo llevado por el suelo detrás de ti.

—La próxima vez lo haré mejor, madre —dijo Juan el Vago.

El lunes siguiente fue a trabajar en una carnicería. Al final de la semana, el carnicero le dio una pierna de cordero. Juan le ató una cuerda y la arrastró detrás de él hasta su casa. Cuando llegó, la carne estaba llena de tierra y estropeada.

—¡Muchacho estúpido! —le chilló su madre—. Deberías habértela cargado al hombro.

—La próxima vez lo haré mejor, madre —dijo Juan el Vago.

El lunes siguiente fue a trabajar en una herrería. Al final de la semana, el herrero le dio un burro. Con muchísimo esfuerzo, Juan se echó el burro a la espalda y emprendió el camino hacia su casa.

Y cuando iba sudando, jadeando y tropezando por el camino acertó a pasar por allí un espléndido carruaje. Pertenecía a un hombre muy rico cuya hija había sido sorda y muda desde que nació. Los médicos le habían dicho que nunca aprendería a hablar, a menos que antes aprendiera a reír.

Tan pronto como la muchacha vio a Juan gruñendo, tambaleándose y trastabillando bajo el peso del burro, se puso a reír a carcajadas y luego, empezó a hablar.

El padre se puso tan contento que decidió casar a su hija con el joven que la había curado. Juan se convirtió así en un hombre rico y no tuvo que volver a trabajar en su vida, lo que a todo el mundo le pareció bien, especialmente a su madre.

LA REINA DE LAS ABEJAS

Hubo una vez un rey que tenía tres hijos. Los dos mayores salieron en busca de fortuna, pero a Simplicio, el más pequeño, le dejaron en casa porque la verdad es que no parecía muy listo. Pasó un año y los dos hermanos mayores no habían vuelto, así que Simplicio decidió ir en su busca. Cuando los encontró, ellos se rieron de él:

—¡Más vale que te vengas con nosotros porque tú solo nunca llegarías a conseguir nada!

Así que los tres hermanos se fueron juntos; y cuando iban de camino, el hermano mayor descubrió un hormiguero:

—Voy a destruir el hormiguero con esta vara, será divertido ver como todas las hormigas salen corriendo —dijo.

—Deja a las hormigas en paz —dijo Simplicio—. Si destruyes su hormiguero se morirán.

Los hermanos se rieron de él, pero dejaron tranquilas a las hormigas.

Por la tarde se detuvieron a las orillas de un lago en el que nadaban muchos patos.

—Vamos a cazar un par de patos y nos los comeremos asados para cenar —propuso el segundo hermano.

—Deja a los patos en paz —dijo Simplicio—. Son unas aves muy hermosas y es una pena matarlas.

Los dos hermanos mayores se rieron del pequeño, pero dejaron en paz a los patos.

Al día siguiente pasaron cerca de una colmena.

—Encenderemos fuego y ahumaremos a las abejas. Después podremos tomar la miel y comérnosla —dijeron los dos hermanos mayores.

—Dejad en paz a las abejas —dijo Simplicio—. Si les quitamos su miel se morirán de hambre.

Los dos hermanos se rieron del pequeño, pero dejaron en paz a las abejas.

Al llegar el nuevo día, encontraron un castillo encantado en el que todo había sido convertido en piedra. Había centinelas de piedra en la puerta del parque, caballos de piedra en los establos, damas y caballeros de piedra en el patio de entrada y hasta escarabajos de piedra sobre el empedrado.

Los príncipes llamaron con fuertes golpes en
la puerta de piedra y un hombrecillo de barba
gris salió a su encuentro:

—Para desencantar el castillo tendréis que
realizar las tres tareas que están escritas en la
mesa de piedra —les explicó. Y condujo a los

tres jóvenes a un salón en el que había una
enorme mesa de piedra; sobre ella vieron
grabadas estas palabras: EN EL BOSQUE,
BAJO EL MUSGO, HAY MIL PERLAS.
ENCONTRADLAS O SEREIS
CONVERTIDOS EN PIEDRA.

Los dos hermanos mayores marcharon
deprisa hacia el bosque y empezaron a
rebuscar por el suelo. Simplicio se sentó sobre
un tronco caído y empezó a gemir porque
estaba seguro de que era una tarea imposible
de cumplir. Una hormiga de gran tamaño se
le acercó y le dijo:

—Yo soy la Reina de las Hormigas; tú has
hecho un gran servicio a mi gente, ¿qué
puedo hacer yo ahora por ti, oh
amigo de las hormigas?

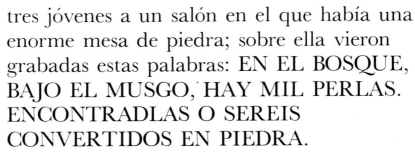

Cuando Simplicio se lo dijo,
la reina de las hormigas llamó
a sus miles y miles de súbditas
y les ordenó que se pusieran a
buscar las perlas. En menos
de media hora ya las habían
encontrado. Simplicio dio
las gracias a la Reina

de las Hormigas y llevó las perlas al hombrecillo de la barba gris.

—Hay una segunda tarea que cumplir —dijo éste y llevó a los tres hermanos hasta la mesa de piedra. Las palabras grabadas decían ahora: EN EL FONDO DEL LAGO ESTA LA LLAVE QUE ABRE LA PUERTA DE LA HABITACION DE LAS PRINCESAS. ENCONTRADLA O SEREIS CONVERTIDOS EN PIEDRA.

Los dos hermanos empezaron a bucear en el lago, pero Simplicio no sabía nadar, así que se sentó sobre una piedra y empezó a gemir. Un pato de gran tamaño voló hasta su lado y dijo:

—Soy el Rey de los Patos; tú has hecho un gran servicio a mi pueblo, ¿qué puedo hacer yo ahora por ti, oh amigo de los patos?

Cuando Simplicio se lo dijo, el Rey de los Patos llamó a sus cientos y cientos de súbditos y les ordenó que descendieran hasta lo más profundo del lago y buscasen la llave entre el cieno del fondo. Antes de que pasase una hora encontraron la llave de la habitación de las princesas. Simplicio dio las gracias al rey de los patos y llevó la llave al hombrecillo de la barba gris.

—Hay una tercera tarea que cumplir —dijo éste y llevó a los tres hermanos hasta la mesa de piedra. Las palabras grabadas decían ahora: EN LA HABITACION YACEN TRES PRINCESAS DE PIEDRA. AVERIGUAD CUAL DE LAS TRES TOMO PASTELILLOS DE MIEL ANTES DE SER ENCANTADA O SEREIS CONVERTIDOS EN PIEDRA.

Los dos hermanos se pusieron a observar de cerca a las princesas, pero no pudieron averiguar absolutamente nada. Simplicio ni siquiera miró a las princesas, se sentó en un taburete y se puso a gemir. En ese momento una abeja de gran tamaño voló hasta él:

—Yo soy la Reina de las Abejas —le dijo—. Tú has hecho un gran servicio a mi familia ¿qué puedo yo hacer ahora por ti, oh amigo de las abejas?

Cuando Simplicio se lo dijo, la Reina de las Abejas voló hasta los labios de las princesas. En seguida averiguó lo que había tomado cada una:

—La mayor tomó mermelada de moras, la

mediana tomó jarabe de frambuesa, la más
pequeña tomó pastelillos de miel —explicó.

Simplicio entonces se levantó y señaló a la
princesa más joven, y al momento el encanto se
rompió y la princesa se incorporó en el lecho.
Todas las demás gentes del castillo volvieron
también a la vida. Simplicio se casó con la
joven princesa; sus dos hermanos se casaron con
las otras dos princesas y desde entonces
aprendieron a ser más amables con los animales.